Analyse de l'œuvre

Par Tram-Bach Graulich
et Alexandre Randal

On ne badine pas avec l'amour

d'Alfred de Musset

lePetitLittéraire.fr

Rendez-vous sur lepetitlitteraire.fr et découvrez :

Plus de 1200 analyses
Claires et synthétiques
Téléchargeables en 30 secondes
À imprimer chez soi

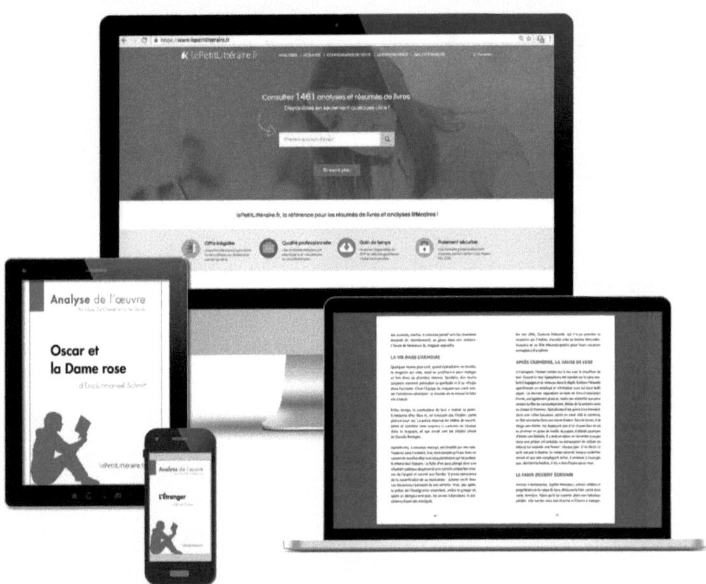

ALFRED DE MUSSET

POÈTE ET DRAMATURGE FRANÇAIS

- **Né en 1810 à Paris**
- **Décédé en 1857 dans la même ville**
- **Quelques-unes de ses œuvres :**
  - *Les Caprices de Marianne* (1833), pièce de théâtre
  - *Lorenzaccio* (1834), pièce de théâtre
  - *Confession d'un enfant du siècle* (1836), roman

Alfred de Musset (1810-1857) est considéré aujourd'hui comme un auteur romantique, même si sa place dans l'Histoire littéraire n'est pas aisée à définir. Issu d'une famille de petite noblesse, il se lie durant une période très courte au cercle romantique avant de s'en détacher. À la mort de son père en 1832, il décide de se consacrer au métier d'écrivain.

Connu surtout pour ses pièces de théâtre (*On ne badine pas avec l'amour* ou *Lorenzaccio*), Musset est également l'auteur de nombreux poèmes, ainsi que d'une œuvre en prose, *La Confession d'un enfant du siècle*. Ses œuvres ont souvent été influencées par ses liaisons tumultueuses avec de nombreuses femmes, dont l'écrivaine George Sand (1804-1876).

ON NE BADINE PAS AVEC L'AMOUR

UNE COMÉDIE TEINTÉE D'IRONIE TRAGIQUE

- **Genre :** pièce de théâtre
- **Édition de référence :** *On ne badine pas avec l'amour*, Paris, Le Livre de Poche, 1999, 185 p.
- **1re édition :** 1834
- **Thématiques :** amour, religion, péché, vengeance, jalousie

On ne badine pas avec l'amour (1834) tire largement son origine de la liaison qu'a entretenue Musset avec George Sand. L'intrigue est la suivante : Perdican retourne dans son village natal où il retrouve sa cousine, Camille, dont il est amoureux, mais qui désire se consacrer à la vie religieuse. Se déroulant dans un cadre bucolique qui s'assombrit au fur et à mesure qu'avance l'intrigue, la pièce s'achève finalement dans le drame le plus noir.

Parfois qualifiée de simple ou de naïve, *On ne badine pas avec l'amour* est une œuvre riche en interprétations et figure parmi les plus réussies et les plus appréciées du répertoire de Musset.

RÉSUMÉ

ACTE I

Scène I

Perdican est de retour, en compagnie de maitre Blazius, son précepteur, dans son village natal après avoir réussi de brillantes études à Paris. Dame Pluche, gouvernante de Camille, la cousine de Perdican, annonce également le retour de celle-ci au pays. Camille vient quant à elle d'achever son éducation au couvent.

Scène II

Le baron, père de Perdican et oncle de Camille, nourrit le projet de marier les deux jeunes gens. Il les incite à s'embrasser, mais ceux-ci, gênés, refusent poliment.

Scène III

Perdican essaie de raviver en Camille de doux souvenirs d'enfance et lui propose un rendez-vous (« Tu ne veux pas venir voir le sentier par où nous allions à la ferme ? », p. 67). Camille refuse : ces souvenirs d'enfance l'ennuient.

Scène IV

Perdican, heureux de son retour au pays, aperçoit Rosette, une jolie paysanne, sœur de lait de Camille. Celle-ci n'est pas mariée.

Scène v

Le baron surprend son fils en train de faire des ricochets, tenant dans ses bras Rosette. Abattu, il se lamente du tour qu'a pris son fils (« Mon fils séduit toutes les filles du village en faisant des ricochets », p. 74).

ACTE II

Scène i

Interrogé par son gouverneur, Perdican affirme qu'il ne demande pas mieux que d'épouser Camille, sa cousine. Celle-ci est censée repartir le lendemain au couvent.

Scène ii

Maitre Bridaine, le curé, se plaint d'avoir la mauvaise place à table. Maitre Blazius lui a en effet volé la place d'honneur.

Scène iii

Perdican emmène Rosette faire une promenade. Il l'embrasse en lui contant des mots galants. Celle-ci, sous le charme, reste cependant lucide : « Des mots sont des mots, et des baisers sont des baisers. » (p. 80)

Scène iv

Maitre Blazius soupçonne Camille d'avoir pour amant un paysan qui est gardien de dindons. Le baron se lamente, une fois de plus.

Scène V

Perdican et Camille se retrouvent dans un bois, près d'une fontaine. Camille exprime à Perdican sa méfiance envers l'amour. Les sœurs du couvent l'ont, en effet, avertie des ravages de ce sentiment (« Plus d'une parmi elles sont sorties du monastère [...], vierges et pleines d'espérances. Elles sont revenues peu de temps après, vieilles et désolées », p. 92). Perdican, révolté par un tel propos, professe, quant à lui, sa foi en l'amour.

ACTE III

Scène I

Le baron chasse maitre Blazius de chez lui suite au soupçon de celui-ci envers Camille. Perdican semble perdu dans ses pensées.

Scène II

Perdican se saisit d'une lettre de Camille adressée à une autre religieuse. Camille y écrit qu'elle reviendra au couvent comme prévu, mais qu'elle est triste de briser le cœur de Perdican. Touché dans son orgueil, celui-ci décide de se venger : « J'ai demandé un nouveau rendez-vous à Camille, et je suis sûr qu'elle y viendra ; mais, par le ciel ! elle n'y trouvera pas ce qu'elle comptera y trouver. Je veux faire la cour à Rosette, devant Camille elle-même. » (p. 106)

Scène III

Camille vient au rendez-vous donné par Perdican et l'aperçoit en train de déclarer son amour à Rosette.

Scène IV

Camille, visiblement émue par cette vision, ne veut pas encore rentrer au couvent, au grand désarroi de dame Pluche.

Scène V

Maitre Bridaine annonce la nouvelle au baron : son fils, Perdican, a fait la cour à Rosette, une fille du peuple. Le baron est effondré et se lamente à nouveau.

Scène VI

Entretemps, Camille a percé à jour les intentions de Perdican (il a intercepté sa lettre et, orgueilleux, il désire se venger d'elle en faisant la cour à une autre). Elle appelle alors Rosette, la cache derrière une tenture et accueille ensuite Perdican. Au cours de leur conversation, celui-ci lui avoue qu'il l'aime. Camille lève alors le rideau, découvrant Rosette évanouie et disant à son cousin : « Tu as voulu te venger de moi, n'est-ce pas [...]. Eh bien ! apprends-le de moi, tu m'aimes, entends-tu, mais tu épouseras cette fille. » (p. 118)

Scène VII

Plus tard, Perdican affirme sur un ton tranquille qu'il est prêt à épouser Rosette. Suite à cela, Camille ne sait plus comment se comporter (« Combien de temps durera cette plaisanterie ? », p. 122). Arrive alors Rosette. Désormais la risée du village, elle désire renoncer à l'amour et vivre en paix avec sa mère, mais Perdican l'emmène tout de même pour se marier.

Scène VIII

Camille se jette sur un autel pour prier Dieu. C'est à ce moment que Perdican revient vers elle et lui déclare son amour (« Insensés que nous sommes ! nous nous aimons », p. 125). Camille l'accueille en pleurant et les deux amants s'embrassent quand, soudain, le cri de Rosette retentit derrière l'autel : elle meurt d'émotion après avoir assisté à cette scène. Camille accourt, puis revient sur scène, annonçant à Perdican qu'elle le quitte sur-le-champ (« Elle est morte. Adieu, Perdican » p. 128).

ÉTUDE DES PERSONNAGES

PERDICAN

Perdican est le fils du baron et le cousin de Camille, dont il est amoureux.

Jeune homme à peine sorti de l'enfance, plein de jeunesse et d'appétit de vivre, il s'intéresse surtout à l'amour, ce qui fait de lui un être volage, un libertin. Cependant, il a gardé, à défaut de sa virginité, une forme de pureté (« Je suis donc un homme, moi ? », p. 62 ; « Suis-je donc amoureux ? », p. 104). Son désir d'amour n'est pas celui d'un bourreau des cœurs, mais bien celui d'un enfant à peine adulte qui découvre avec curiosité le sentiment amoureux.

Il se caractérise également par sa révolte, ce qui lui confère une tonalité héroïque. Perdican est anticlérical (il est opposé à l'ingérence de l'Église dans les affaires publiques) et affirme qu'il ne croit pas en la vie éternelle, ce qui est cho-quant, surtout aux yeux de Camille. Il ne croit qu'en l'amour.

Certains critiques ont vu dans ce personnage le caractère même de Musset.

CAMILLE

Camille est la nièce du baron et la cousine et petite amie d'enfance de Perdican.

À l'opposé de ce dernier, Camille éprouve une méfiance profonde envers l'amour. Dans l'acte II, scène v, elle affirme vouloir aimer, mais ne pas vouloir souffrir, ce qui la pousse à n'aimer que Jésus-Christ et à vouloir se consacrer à la vie religieuse. Cette méfiance envers l'amour lui a été inculquée au couvent par les sœurs. Perdican en est scandalisé (« Tu as dix-huit ans et tu ne crois pas en l'amour ! », p. 95). Cependant, loin d'être une sainte, Camille passe son temps à blasphémer Dieu.

Perdican est amoureux de Camille qui, au fond d'elle-même, l'est aussi de lui. De plus, le baron encourage fortement leur mariage. Cependant, ils sont tous les deux cousins. Leur union s'apparente donc à un amour incestueux, thème récurrent dans la littérature romantique (dans *René* de Chateaubriand notamment, le héros est amoureux de sa sœur).

ROSETTE

Jeune paysanne et sœur de lait de Camille (c'est-à-dire qu'elles ont partagé la même nourrice), Rosette tombe amoureuse de Perdican pour finalement mourir de dépit.

Alors que Perdican et Camille sont tous deux issus de la noblesse (ils appartiennent à la famille du baron), Rosette est une fille du peuple. Elle est, par ailleurs, la plus jolie fille du village. Perdican s'amuse à la séduire, d'abord par jeu, ensuite pour blesser délibérément Camille. Par la suite, cette dernière se sert de Rosette pour blesser à son tour Perdican. Trop fragile, Rosette semble n'être qu'un objet qu'utilisent tour à tour Perdican et Camille pour se meurtrir mutuellement. Sa mort, à la fin de la pièce, est tragique. Elle, la plus jolie fille du village que tout promettait à un avenir et à un mariage heureux, finit par payer de sa vie le jeu cruel de l'amour.

Alors que Camille est trop proche de Perdican (ils sont cousin et cousine), Rosette en est, quant à elle, trop loin, puisqu'elle n'est qu'une paysanne. Le triangle amoureux qui se forme entre les trois personnages, et qui est donc déséquilibré au départ, aboutit à la destruction de tous les protagonistes : Camille se retire au couvent, renonçant à jamais à l'amour, Rosette meurt et Perdican se retrouve seul avec ses remords.

LES FANTOCHES

Tous les autres personnages, secondaires, forment un contrepoint comique à l'intrigue :

- maitre Blazius, le gouverneur de Perdican (c'est-à-dire la personne censée assurer l'éducation d'un enfant noble), est en réalité un ivrogne qui vole en cachette des bouteilles dans la cave du baron ;
- maitre Bridaine, le curé, ne pense qu'à se remplir l'estomac du matin au soir ;
- dame Pluche, la gouvernante de Camille, est tellement froide qu'elle en devient ridicule ;
- le baron, père de Perdican et oncle de Camille, est constamment dépassé par le cours des évènements et passe son temps à se lamenter.

Ces personnages, censés représenter la sagesse de l'âge adulte et l'autorité aux yeux des plus jeunes (Camille, Perdican et Rosette) sont donc des fantoches, des personnages grotesques dont l'autorité est illusoire. On retrouve ici une tendance de la jeune génération romantique à l'époque de Musset. Constituée d'« enfants terribles », celle-ci se caractérisait notamment par son manque de respect envers les anciens.

LE CHŒUR

Alors que les personnages adultes font entrer la pièce dans le genre de la comédie, le chœur, quant à lui, l'assimile à la tragédie. La présence d'un ensemble de personnes récitant ou chantant un texte est, en effet, une caractéristique de la tragédie grecque antique (celle d'Eschyle, poète tragique grec, 526-456 av. J.-C, ou d'Euripide, poète tragique grec, 480-406 av. J.-C.). Le rôle d'un chœur est de :

- faire des commentaires sur l'action (« Durement cahotée sur un âne essoufflé, dame Pluche gravit la colline », p. 55 ; « Hélas ! la pauvre fille ne sait pas quel danger elle court », p. 111) ;
- dialoguer avec les personnages (« Buvez, maitre Blazius, et reprenez vos esprits », p. 54).

Ici, comme dans les tragédies grecques, le chœur a parfois don de prophétie. C'est par exemple le cas dans l'acte I de la scène IV, le chœur dit de Rosette qu'« elle veut mourir fille », c'est-à-dire non mariée, ce qui sera effectivement son destin à la fin de la pièce.

CLÉS DE LECTURE

UNE COMÉDIE QUI N'EN EST PAS UNE

Dans un premier temps, *On ne badine pas avec l'amour* semble se dérouler comme une comédie. En effet, durant les deux premiers actes, une grande part de l'action est consacrée aux pitreries des fantoches, tandis que le « jeu de l'amour » entre Perdican, Camille et Rosette se passe sur un ton galant dans un paysage champêtre. En effet, à ce stade de l'intrigue, il s'agit bien d'un jeu :

- certaines répliques entre les jeunes gens sont équivoques (« CAMILLE. – Je n'aime pas les attouchements », p. 76) ;
- les reproches sont des taquineries (« PERDICAN. – Tu me voyais de la fenêtre et tu ne venais pas, méchante fille ? », p. 71) ;
- les questions sont des invitations (« ROSETTE. – Croyez-vous que cela me fasse du bien, tous ces baisers que vous me donnez ? », p. 80).

Cependant, à partir de la fin du deuxième acte, la comédie bascule dans la tragédie :

- avec l'expulsion de Blazius, les fantoches n'interviennent plus dans l'action ;
- Perdican, touché dans son orgueil par la lettre de Camille, se venge de celle-ci en embrassant Rosette devant elle, et Camille, à son tour, se venge de Perdican en utilisant à nouveau la jeune paysanne ;
- à la fin, Rosette meurt, Camille retourne au couvent,

renonçant à l'amour, et Perdican se retrouve seul. Le jeu
a mal tourné.

Le titre *On ne badine pas avec l'amour* illustre cette ironie
tragique qui caractérise la pièce. Le titre est en réalité un
proverbe galant en vogue à l'époque, un de ces proverbes
plaisants que l'on dit pour faire un bon mot : « On ne plai-
sante pas avec l'amour ! », une phrase qui sonne telle une
mise en garde qui fait sourire. Or, dans la pièce de Musset,
le proverbe fait sourire avant de faire éclater tout son sens
tragique.

LA NOSTALGIE D'UN PARADIS PERDU

Toute la pièce s'articule autour de la sensation d'avoir
perdu ou d'être en train de perdre quelque chose. Au début,
lorsque Perdican et Camille sont de retour dans leur village
natal, ils ne sont plus des enfants. Perdican est docteur et
Camille a terminé son éducation. Perdican reproche alors
à Camille de ne plus s'attacher à leurs souvenirs d'enfance
(« PERDICAN. – Tu me fends l'âme. Quoi ! pas un souvenir,
Camille ? pas un battement de cœur pour notre enfance,
pour tout ce temps passé, si bon, si doux, si plein de niaise-
ries délicieuses ? » ; « CAMILLE. – Oui, cela m'ennuie », p. 67).

Le tragique de la pièce se résume en ceci : Perdican et
Camille se retrouvent dans le village de leur enfance rempli
de souvenirs. Cependant, leur enfance est morte et, avec
elle, l'innocence et la pureté. Dans ce lieu sacré de l'enfance,
leur orgueil et leur lâcheté s'introduisent progressivement
jusqu'à corrompre ce paradis (« PERDICAN. – Orgueil, le plus
fatal des conseillers humains, qu'es-tu venu faire entre cette

fille et moi ? [...] Elle aurait pu m'aimer, et nous étions nés l'un pour l'autre ; qu'es-tu venu faire sur nos lèvres, orgueil, lorsque nos mains allaient se joindre ? », p. 125). Dans ce contexte, le parallèle avec l'histoire d'Adam et Ève peut paraitre judicieux. En commettant le péché d'orgueil (vouloir être l'égal de Dieu), Adam et Ève ont pris conscience de leur nudité (perte de l'innocence) et ont été chassés du paradis terrestre (d'où provient la nostalgie d'un paradis perdu).

Cette nostalgie, teintée de mélancolie dramatique, est typique du romantisme au XIXe siècle. C'est le fameux regret d'être « né trop tard dans un monde trop vieux » (Musset) : en 1834, date de fin de la rédaction de la pièce, la jeune génération, celle de Musset, est blasée, dévorée par le spleen. Née après les élans de la Révolution et n'ayant pas connu l'épopée napoléonienne (1799-1815), elle considère comme un traumatisme le fait de vivre dans une société sans grandeur, gouvernée par la bourgeoisie. Ce même sentiment de vague à l'âme, de « c'était mieux avant », se dégage de la pièce.

UNE ŒUVRE ROMANTIQUE

L'expression d'un égo romantique

On ne badine pas avec l'amour tire largement son origine de l'histoire personnelle, tumultueuse, qu'Alfred de Musset a vécue avec l'écrivaine et poétesse George Sand.

La relation entre les deux amants est intéressante pour mieux comprendre la pièce. En décembre 1833, alors que le couple se connait depuis peu, Sand et Musset entreprennent un voyage en Italie. Musset emporte avec lui des brouillons de ce qui sera *On ne badine pas avec l'amour*. En janvier-février 1834, les amants tombent successivement malades. Pendant que Musset doit garder le lit, George Sand devient l'amante du médecin. Le couple se dispute et, en mars, Musset rentre seul à Paris où il achève la rédaction d'*On ne badine pas avec l'amour* dans une sorte de sentiment d'amour-haine envers Sand. En octobre, le couple se remet ensemble pour finalement se séparer quelques mois plus tard, en mars 1835.

Le contenu d'*On ne badine pas avec l'amour* est intimement lié à la vie personnelle de Musset et George Sand. La fin de la scène v du deuxième acte est, par exemple, la reprise mot pour mot d'une lettre que Sand a envoyée à Musset. Plus tard, dans sa correspondance, Musset écrira à Sand des phrases reprises telles quelles de sa pièce. On parle souvent, pour qualifier la pièce de Musset, de fusion entre l'œuvre et la vie.

En réalité, une des révolutions majeures du romantisme au XIXe siècle a été de placer l'égo de l'artiste à un degré d'importance jamais atteint et jamais égalé. L'artiste en tant que sujet devient désormais le centre même de sa production. Il est un génie et sa vie est un roman. Cela implique que l'égo de l'artiste ne doit plus se plier au réel ou à des codes prédéfinis pour exprimer son art ; c'est désormais l'artiste lui-même qui imprime son égo à l'œuvre d'art. *On ne badine pas avec l'amour* n'est ni tout à fait une comédie, ni une tragédie conventionnelle. Musset y a imprimé son égo, sa vie, quitte à nier les frontières entre les genres.

Le mal du siècle romantique

C'est aux alentours de 1820 que le substantif « romantisme » entre dans l'usage courant. Il désigne un mouvement littéraire novateur, dont les choix en matière de style et de thèmes s'éloignent de ceux faits par le classicisme. Ce mouvement arrive à maturité dans la décennie qui suit.

Après les bouleversements de la Révolution française (1789) et l'autoritarisme du régime napoléonien (1804-1815), une jeune génération d'écrivains voit le jour. Celle-ci souffre d'un déséquilibre de l'âme : désabusée dans ses rêves avortés de grandeur et angoissée quant à sa place dans la société, cette génération se reconnait dans le roman *René* (1802) de Chateaubriand (écrivain français, 1768-1848). Le mal dont est victime René est repris et devient peu à peu le mal caractéristique du siècle. Alfred de Musset, dans *La Confession d'un enfant du siècle*, résume cette affliction dont souffre la jeunesse française :

> « Toute la maladie du siècle présent vient de deux causes ; le peuple qui a passé par 1793 et par 1814 porte au cœur deux blessures. Tout ce qui était n'est plus ; tout ce qui sera n'est pas encore. Ne cherchez pas ailleurs le secret de nos maux. » (*Les Confessions d'un enfant du siècle*, extrait du chapitre II)

L'année 1793 correspond à l'époque de la Terreur (période de la Révolution française durant laquelle de nombreuses exécutions ont eu lieu) qui met à mort Louis XVI (roi de France, 1754-1793), provoquant de cette manière la fin de la monarchie absolue de droit divin en France. La date de

1814 marque la fin du Premier Empire et l'anéantissement du mythe napoléonien. Musset propose dans ce livre d'analyser les causes historiques du malaise romantique, mettant en lumière le sentiment d'impuissance que cette génération éprouve face à la société bourgeoise et matérialiste dans laquelle elle vit. La désillusion face au monde est grande. En France, le romantisme est intimement lié aux bouleversements politiques que le pays a connus. Durant l'Empire les possessions de la France s'étendaient jusqu'en Égypte. Les jeunes rêvaient alors de grandes découvertes, mais tout cela est interrompu par la bataille de Waterloo (1815) et la Restauration qui voit bientôt se développer une société dominée par l'argent. De là naitra ce sentiment de mélancolie, qui donnera le mal du siècle dont parle Musset.

La littérature de cette période se fait l'écho de cet état d'âme, proclamant le culte du moi et mettant en avant l'expression des sentiments. Le romantisme promeut une sensibilité nouvelle, en opposition avec celle du Siècle des Lumières. Il privilégie également la liberté des formes dans le théâtre, s'opposant vigoureusement à l'héritage classique. La préface de *Cromwell* (1827) de Victor Hugo (écrivain français, 1802-1885) constitue le manifeste théorique du mouvement. Le théâtre devient alors le genre dans lequel le romantisme s'affirme comme un courant littéraire novateur.

À défaut de changer la société, le but des romantiques est de renouveler la littérature de leur temps. Dans le théâtre, cela aboutit à la suppression de la règle des trois unités et au mélange des genres, tel que nous pouvons le remarquer dans l'œuvre étudiée.

UNE RELIGION DE L'AMOUR

Durant le XIXe siècle, on assiste à une laïcisation de la société. L'Église, qui a perdu beaucoup de son pouvoir suite à la Révolution française de 1789, s'écarte progressivement des affaires de l'État, la population athée augmente, et des philosophies laïques, voire anticléricales, se développent suite aux progrès de l'industrialisation.

On ne badine pas avec l'amour porte la marque de cette laïcisation, de cet abandon progressif du dogme religieux. En effet, les personnages passent gaiement leur temps à blasphémer. Par exemple, Perdican, qui ne croit pas à la vie éternelle, demande à Camille : « Sais-tu quel nom elles [les sœurs] murmurent quand les sanglots qui sortent de leurs lèvres font trembler l'hostie qu'on leur présente ? » (p. 93), comparant ainsi la communion à un baiser d'amour. Même Camille, qui désire pourtant rentrer au couvent, ne semble pas croire au dogme : « Si le curé de votre paroisse soufflait sur un verre d'eau, et vous disait que c'est un verre de vin, le boiriez-vous comme tel ? » (p. 89)

Si plus personne ne semble croire à la religion, est-ce à dire qu'il ne faut plus croire en rien ? Perdican est là pour affirmer le contraire. Il faut croire en l'amour. Il faut vénérer l'amour comme une religion. C'est pourquoi le titre *On ne badine pas avec l'amour* serait comme le premier commandement d'une nouvelle religion à définir ; et l'exhortation de Perdican à Camille de ne pas renoncer à ce sentiment résonne comme une profession de foi à l'amour :

> « Adieu Camille, retourne à ton couvent, et lorsqu'on te fera

de ces récits hideux qui t'ont empoisonnée, réponds ce que je vais te dire : Tous les hommes sont menteurs, inconstants, faux, bavards, hypocrites, orgueilleux et lâches, méprisables et sensuels ; toutes les femmes sont perfides, artificieuses, vaniteuses, curieuses et dépravées ; le monde n'est qu'un égout sans fond où les phoques les plus informes rampent et se tordent sur des montagnes de fange ; mais il y a au monde une chose sainte et sublime, c'est l'union de deux de ces êtres imparfaits et si affreux. On est souvent trompé en amour, souvent blessé et souvent malheureux ; mais on aime, et quand on est sur le bord de sa tombe, on se retourne pour regarder en arrière, et on se dit : J'ai souffert souvent, je me suis trompé quelquefois, mais j'ai aimé. C'est moi qui ai vécu, et non pas un être factice créé par mon orgueil et mon ennui. » (p. 98)

L'ORGUEIL

Badiner consiste à plaisanter, à prendre quelque chose comme un jeu, avec légèreté et frivolité. Le titre de la pièce de Musset, *On ne badine pas avec l'amour*, sonne dès lors comme un avertissement : prenez garde et ne plaisantez pas avec l'amour.

Pourtant, c'est bien de l'orgueil que naitra le drame final. Alors qu'ils sont promis l'un à l'autre, Camille et Perdican repoussent le projet de mariage qui doit les rendre heureux. C'est par orgueil qu'ils ne se déclarent pas leur amour. Camille, ne voulant pas souffrir d'amour comme ses amies du couvent, reste hautaine face à Perdican. Ce dernier, à force d'être éconduit sans cesse, décide d'exercer sa vengeance : il choisit de séduire Rosette, lui promettant même le mariage, dans le seul but de blesser Camille. Celle-ci, ne supportant pas la situation, utilise un stratagème pour que Rosette assiste aux révélations amoureuses de Perdican. C'est leur amour propre qui les empêche d'exprimer leurs sentiments : obnubilés par leur propre personne, ils ne peuvent se livrer à quelqu'un d'autre.

Perdican et Camille sont ensuite dépassés par les évènements : n'ayant pas réfléchi aux conséquences que pouvaient entrainer leurs actes, les sentiments qu'ils éprouvent l'un pour l'autre se révèlent. Ils se rendent compte qu'ils s'aiment et que le jeu qu'ils ont mis en place est puéril. Mais ce qui n'était qu'un jeu d'adolescents tourne à la tragédie : à cause de leur orgueil, voulant à tout prix préserver l'image qu'ils ont d'eux-mêmes, Camille et Perdican courent à leur perte et provoqueront celle de Rosette.

N'hésitant pas à manipuler et à mentir, Camille et Perdican sont perdus entre leur nature, leurs propos et leur part d'ombre : « Orgueil ! le plus fatal des conseillers humains, qu'es-tu venu faire entre cette fille et moi ? », dit Perdican (acte III, scène VIII).

Le dénouement tragique — la mort de Rosette et l'impossibilité de trouver le bonheur alors qu'ils s'aimaient — est la conséquence de toute la légèreté dont les deux protagonistes ont fait preuve en jouant. Telle est donc la sanction pour ceux qui ont osé badiner avec l'amour.

PISTES DE RÉFLEXION

QUELQUES QUESTIONS POUR APPROFONDIR SA RÉFLEXION...

- Comparez l'attitude des deux personnages principaux, Perdican et Camille, par rapport à l'amour. Laquelle de ces deux conceptions de l'amour correspond, à votre avis, à celle de l'auteur ?
- Quelles sont les différences entre Camille et Perdican ?
- Cette pièce tient à la fois de la comédie et de la tragédie. Expliquez ce qu'elle doit à l'un et l'autre de ces genres.
- N'étant ni tout à fait une comédie ni une tragédie à part entière, relevez les éléments permettant de qualifier cette pièce de drame romantique. Pour vous aider à répondre, aidez-vous de la « Préface » de *Cromwell*, dans laquelle Victor Hugo expose les caractéristiques du genre.
- Quels thèmes propres au romantisme retrouve-t-on dans cette œuvre ?
- Quel parallèle peut-on établir entre l'histoire de Perdican et Camille et celle d'Adam et Ève ?
- Comment Musset traite-t-il de la religion ?
- Interprétez le titre de l'œuvre, *On ne badine pas avec l'amour*.
- Quelle place la vie de l'auteur tient-elle dans cette pièce et dans toutes ses œuvres en général ?
- Selon vous, quels éléments de sa pièce permettent d'affirmer que l'auteur était anticlérical ?

Votre avis nous intéresse !
Laissez un commentaire sur le site de votre librairie en ligne
et partagez vos coups de cœur sur les réseaux sociaux !

POUR ALLER PLUS LOIN

ÉDITION DE RÉFÉRENCE

- Musset A. (de), *On ne badine pas avec l'amour*, Paris, Le Livre de Poche, 1999.

ÉTUDES DE RÉFÉRENCE

- Aron P., Saint-Jacques D. et Viala A., *Le dictionnaire du littéraire*, Paris, PUF, coll. « Quadrige Dicos Poche », 2010.
- Horville R., *Les Caprices de Marianne/On ne badine pas avec l'amour*, Paris, Hatier, coll. « Profil d'une œuvre », 2001.
- Potelet H., *Mémento de littérature française*, Paris, Hatier, 1990.

SUR LEPETITLITTÉRAIRE.FR

- Commentaire portant sur la scène VIII de l'acte III de *On ne badine pas avec l'amour*.
- Commentaire portant sur la scène II de l'acte II des *Caprices de Marianne* d'Alfred de Musset.
- Fiche de lecture sur *Fantasio* d'Alfred de Musset.
- Fiche de lecture sur *Il ne faut jurer de rien* d'Alfred de Musset.
- Fiche de lecture sur *La Confession d'un enfant du siècle* d'Alfred de Musset.
- Fiche de lecture sur *Les Caprices de Marianne*.
- Fiche de lecture sur *Lorenzaccio* d'Alfred de Musset.
- Questionnaire de lecture sur *On ne badine pas avec*

l'amour.

- Questionnaire de lecture sur *Lorenzaccio.*

ISBN version numérique : 978-2-8062-8679-6
ISBN version papier : 978-2-8062-8680-2
Dépôt légal : D/2016/12603/608

Avec la collaboration d'Alexandre Randal pour les chapitres suivant « Le mal du siècle romantique » et « L'orgueil ».

Conception numérique : Primento,
le partenaire numérique des éditeurs.

Ce titre a été réalisé avec le soutien de la Fédération Wallonie-Bruxelles, Service général des Lettres et du Livre.

Retrouvez notre offre complète sur lePetitLittéraire.fr

- des fiches de lectures
- des commentaires littéraires
- des questionnaires de lecture
- des résumés

ANOUILH
- Antigone

AUSTEN
- Orgueil et Préjugés

BALZAC
- Eugénie Grandet
- Le Père Goriot
- Illusions perdues

BARJAVEL
- La Nuit des temps

BEAUMARCHAIS
- Le Mariage de Figaro

BECKETT
- En attendant Godot

BRETON
- Nadja

CAMUS
- La Peste
- Les Justes
- L'Étranger

CARRÈRE
- Limonov

CÉLINE
- Voyage au bout de la nuit

CERVANTÈS
- Don Quichotte de la Manche

CHATEAUBRIAND
- Mémoires d'outre-tombe

CHODERLOS DE LACLOS
- Les Liaisons dangereuses

CHRÉTIEN DE TROYES
- Yvain ou le Chevalier au lion

CHRISTIE
- Dix Petits Nègres

CLAUDEL
- La Petite Fille de Monsieur Linh
- Le Rapport de Brodeck

COELHO
- L'Alchimiste

CONAN DOYLE
- Le Chien des Baskerville

DAI SIJIE
- Balzac et la Petite Tailleuse chinoise

DE GAULLE
- Mémoires de guerre III. Le Salut. 1944-1946

DE VIGAN
- No et moi

DICKER
- La Vérité sur l'affaire Harry Quebert

DIDEROT
- Supplément au Voyage de Bougainville

DUMAS
• Les Trois
  Mousquetaires

ÉNARD
• Parlez-leur
  de batailles,
  de rois et
  d'éléphants

FERRARI
• Le Sermon sur la
  chute de Rome

FLAUBERT
• Madame Bovary

FRANK
• Journal
  d'Anne Frank

FRED VARGAS
• Pars vite et
  reviens tard

GARY
• La Vie devant soi

GAUDÉ
• La Mort du
  roi Tsongor
• Le Soleil des
  Scorta

GAUTIER
• La Morte
  amoureuse
• Le Capitaine
  Fracasse

GAVALDA
• 35 kilos d'espoir

GIDE
• Les
  Faux-Monnayeurs

GIONO
• Le Grand
  Troupeau
• Le Hussard
  sur le toit

GIRAUDOUX
• La guerre de
  Troie
  n'aura pas lieu

GOLDING
• Sa Majesté des
  Mouches

GRIMBERT
• Un secret

HEMINGWAY
• Le Vieil Homme
  et la Mer

HESSEL
• Indignez-vous !

HOMÈRE
• L'Odyssée

HUGO
• Le Dernier Jour
  d'un condamné
• Les Misérables
• Notre-Dame
  de Paris

HUXLEY
• Le Meilleur
  des mondes

IONESCO
• Rhinocéros
• La Cantatrice
  chauve

JARY
• Ubu roi

JENNI
• L'Art français
  de la guerre

JOFFO
• Un sac de billes

KAFKA
• La Métamorphose

KEROUAC
• Sur la route

KESSEL
• Le Lion

LARSSON
• Millenium 1. Les
  hommes qui
  n'aimaient pas
  les femmes

LE CLÉZIO
• Mondo

LEVI
• Si c'est un
  homme

LEVY
• Et si c'était vrai…

MAALOUF
• Léon l'Africain

MALRAUX
- La Condition humaine

MARIVAUX
- La Double Inconstance
- Le Jeu de l'amour et du hasard

MARTINEZ
- Du domaine des murmures

MAUPASSANT
- Boule de suif
- Le Horla
- Une vie

MAURIAC
- Le Nœud de vipères

MAURIAC
- Le Sagouin

MÉRIMÉE
- Tamango
- Colomba

MERLE
- La mort est mon métier

MOLIÈRE
- Le Misanthrope
- L'Avare
- Le Bourgeois gentilhomme

MONTAIGNE
- Essais

MORPURGO
- Le Roi Arthur

MUSSET
- Lorenzaccio

MUSSO
- Que serais-je sans toi ?

NOTHOMB
- Stupeur et Tremblements

ORWELL
- La Ferme des animaux
- 1984

PAGNOL
- La Gloire de mon père

PANCOL
- Les Yeux jaunes des crocodiles

PASCAL
- Pensées

PENNAC
- Au bonheur des ogres

POE
- La Chute de la maison Usher

PROUST
- Du côté de chez Swann

QUENEAU
- Zazie dans le métro

QUIGNARD
- Tous les matins du monde

RABELAIS
- Gargantua

RACINE
- Andromaque
- Britannicus
- Phèdre

ROUSSEAU
- Confessions

ROSTAND
- Cyrano de Bergerac

ROWLING
- Harry Potter à l'école des sorciers

SAINT-EXUPÉRY
- Le Petit Prince
- Vol de nuit

SARTRE
- Huis clos
- La Nausée
- Les Mouches

SCHLINK
- Le Liseur

SCHMITT
- La Part de l'autre
- Oscar et la Dame rose

SEPULVEDA
- Le Vieux qui lisait des romans d'amour

SHAKESPEARE
- Roméo et Juliette

SIMENON
- Le Chien jaune

STEEMAN
- L'Assassin habite au 21

STEINBECK
- Des souris et des hommes

STENDHAL
- Le Rouge et le Noir

STEVENSON
- L'Île au trésor

SÜSKIND
- Le Parfum

TOLSTOÏ
- Anna Karénine

TOURNIER
- Vendredi ou la Vie sauvage

TOUSSAINT
- Fuir

UHLMAN
- L'Ami retrouvé

VERNE
- Le Tour du monde en 80 jours
- Vingt mille lieues sous les mers
- Voyage au centre de la terre

VIAN
- L'Écume des jours

VOLTAIRE
- Candide

WELLS
- La Guerre des mondes

YOURCENAR
- Mémoires d'Hadrien

ZOLA
- Au bonheur des dames
- L'Assommoir
- Germinal

ZWEIG
- Le Joueur d'échecs